黃　梵　詩　集

南京哀歌

黃梵 著

自序

內心是重要的，東方式的內心對新詩尤其重要。但我經常疑惑，這些自發吟成的新詩能否將東方傳下去。光懂得愛東方是不夠的，西方在我的經驗中已經如此強大。當我讚美陶潛、王維，誰能說我內心讚美的不是華茲華斯呢？

對自己的靈魂問長問短，不是為了回答風格或技巧的問題，是為了弄清內心在與什麼交鋒。我是否有本領弄清，已納入我詩歌的那些存在？其次能否找到最貼切的形象，來說出觸及存在的那種幸運？

上述的一切都將成為問題，也許外人難以體會。西方對尋找東方心靈的人來說，也許就是無所歸依的現實，代表著一些新經驗的旅行地。從根本上說，當無孔不入的西方意象不再管用時，也許新詩就有了一個更加神祕的東方背景。祖國又將出自內心，幫助新詩來保住東方本質。寫詩對我已不再是語言，是從血液的亂流中拽出東方的意象、洞識力。儘管困難重重，我願意傾注畢生精力一試。

目次

輯二　古風

卷三　臺灣組曲

輯一　颱風

卷四　凡人修身課

卷一

南京哀歌

輯一
金陵梧桐

蝙蝠

蝙蝠在這裡，那裡
頭頂上無數個黑影疊加
頃刻間，我的孤獨有了邊界

假如我浮上去
和牠們一起沐浴
我會成為晚霞難以承受的驚人重壓

當蝙蝠慢慢拖動霞光
我孤獨著，蝙蝠便是我的黑天鵝
無數尖齒鳴叫著催促我的血流

一圈又一圈
它們幸福的希望在哪裡？
還是每隻蝙蝠都想試用月亮這塊滑板？

我開始感到它們振翅的溫暖
蝙蝠，害怕孤獨的蝙蝠，也許你我錯在——
不能交談，卻如此接近

二〇〇二

玄武湖即景

那些快艇，讓湖裡的浪也長大成熟了
我恍然大悟，堂皇的浪花已娶妻生子

風箏讓樹木仰起頭來，我的女兒
還想穩住最初的慌亂，一輪白日殘月
要把誰的心來攪動，那眼神像鷹，讓我直冒虛汗

像浪花在閃爍的，還有老人臉上的皺紋
他們站在湖邊，努力要平息心中的迷亂

是湖水的一生，讓落日小得像一只酒盅
它沉到湖水裡，去挽留腰身妖冶的亂流

二〇〇三

郊遊

楓葉灼人，它們像燈光
照著一個人的失眠
再大的心願，這時也更單薄
更虛弱了……

摸一摸楓葉，想一想它們的心
是多麼徒勞啊……
一隻灰鳩飛過，更增添了楓林的神祕

就這樣踱步、失語，到處是心悅誠服啊
人就像這條山溪，已經乾涸了
還要從木橋下迂回穿過……

二〇〇五

秋天讓人靜

安靜了，就在心裡深深享受
只想被一棵巨大的水杉囚住
那些藏在心裡的話，不過是被秋風再次說出

安靜，使聲名變得遙遠
在一座山上，提起它已等於放棄
晚霞是山吐出的最後一口氣，沒人在意
山吐出的血是多麼美麗

幾隻麻雀，好像小心安放著驚恐
直到今天，我走過的路都彎得像年輪
我羨慕，天上那一團團廝殺的星群，
有對安靜的執迷不悟——
我不住地仰頭，學會用安靜在深夜裡走路

二〇〇七

安靜了，就在心裏深深享受
只想被一棵巨大的水杉囚住
那些藏在心裏的話，不過是被秋風再次說出
——〈秋天讓人靜〉

前湖

湖水發暗，像害著疾病
我最多像麻袋，再幫它動幾下
飛鳥快速地，「它只剩下一條路了」

湖水多麼像我，這輩子被困在這裡
但它的眼裡，看不出有絲毫的遺憾
活著，就枕著逐波的快樂

風再小，湖的生命依然刺目
像深夜的燈，一直甦醒著

湖還要以它的漣漪、戰慄、心絞痛
為湖邊的戀人做些什麼……

二〇〇四

金陵梧桐

一條梧桐路，可以讓我停下手中的活
每片葉子都是小小的耳朵
就算隔著最寬的馬路，我的自言自語
依然會讓葉子在風中側目

一排風華正茂的梧桐，多麼優美
有著和我們一樣的才能
一樣的多情，一樣的徒然忍受！

我要把去過的城市，都簡化成一條梧桐路
聽憑葉子把聲音的波濤安排！
不能接受梧桐的街道，難免膚淺

在梧桐面前，我顯得廢話連篇
冬天是它紮起長辮的時節

我嘴唇微啟，無限感慨
一排梧桐在怎樣憂戚地看著我呀！

二〇〇三

踏青

我在家中讀書，窗外霧靄沉沉
冬雪之後，來了幾日暖風
梅花紅了，有炊煙飄在山嶺處……

邀上幾位朋友，悄悄上路
不知春天將教會誰什麼？
隨便什麼花，都夠人消磨
孤獨，還是那麼遼闊……

古道險峻得像是愛情
隔著山寺，我的心跟著一隻風箏搖晃
太陽變紅時，有人站在山頂在聽
連出洞的蝙蝠，也知道此時應該閉上嘴巴

二〇〇五

英雄谷

青山把尖齒朝著一隻蒼鷹
彷彿等牠頹然倒下——
我在山間獨飲，像等著被大風吹起

旅店四周，據說埋葬著一些英雄
我只是像炊煙，躬一躬身，聽山澗輕聲地啜泣
只是像山林卑微的枝葉，嗅一嗅青山乳房的氣味
更多發著芽的寂靜
捧著鐘聲，愛不釋手……

對人生，我再能抱怨什麼？
墳頭羞怯的小草，會是英雄想對我說的哪句話？
我滿山尋找的高人，也許只是這山谷——
它準備吞下飛來的雨雲，用成噸的水
洗淨人的足跡……

二〇〇四

三月

一日三餐，我在被什麼改變
窗外的梧桐，城外的蔬菜
或一個不幸的消息，一個女孩臉紅的表情
這些都令我想起什麼，禁不住地動心

山嶺離我很遠，但它最容易把握
側臥山脊，心就像岩石一樣安謐
但在天空飛翔的，在地上流動的
不是一句「多麼美啊」，就可以了斷的

和鳥兒伴歌，不知失望的會是誰？
眾鳥想要告訴我的，偉人已經說過
必須習慣什麼也沒有，學學那個乞丐
到河邊坐一坐，笑著把暮色蒼茫悄悄放過……

二〇〇五

暮冬時節的將軍山行

——贈楊弋樞、夏夜清

也許山野已有安排，哪怕路走得不對
都與你相干，一隻野兔擦著樹皮跑了
一處和尚的墳，也讓你停下來想一想
一整天，你看見的山石都很漂亮

樹越挺拔，你越覺得自己沒用
曾幾何時，你這麼溫馴
什麼都懂，卻在一座山前站不穩
轉一圈，不過證明自己還算鎮定

暮冬已了，土裡埋著即將發芽的問候
竹林讓你忘了自己是誰
只要像梅花一樣揪著早春不放
你就會忘了自己，就會像冰下的流水富於幻想……

二〇〇七

南京的綠

我喜歡南京的綠，綠中的愛
綠中包含的命運，綠中解放心靈的風
看碧波上的船，是否配得上綠的高貴

就算投向綠的眼神是冷的，綠已成熟
它讀出冷的眼神，其實是空空如也
僅僅小心談到綠，大家也鬆了一口氣

綠能襯出所有的壞消息，襯出丟失的幸福
如果綠能不走，連內心的冷也會虛弱

我知道綠從不困惑，哪怕是鬧市中的那兩排梧桐
也比黑壓壓的心事要高明許多

二〇〇六

中年

青春是被仇恨啃過的，布滿牙印的骨頭
是向荒唐退去的，一團熱烈的蒸汽
現在，我的面容多麼和善
走過的城市，也可以在心裡統統夷平了

從遙遠的海港，到近處的鍾山
日子都是一樣陳舊
我擁抱的幸福，也陳舊得像一位烈婦
我一直被她揪著走……

更多青春的種子也變得多餘了
即便有一條大河在我的身體裡
它也一聲不響。年輕時喜歡說月亮是一把鐮刀
但現在，它是好脾氣的寶石
面對任何人的詢問，它只閃閃發光……

二〇〇四

二胡手

過去的日子是人民的，也是我的
是野花的，也是制服的
是碼頭的、處女的
也是河流的、毒婦的
下午醒來，我說不清
自己是盾牌還是利劍？

廣場上，有人拉著憂傷的二胡
他有理由讓弦曲中的毒蛇傷及路人？
他的臉兒整個隱沒於舊時代的黑暗
如果來得及，我願意
讓女兒也把兩隻小耳朵準備

此刻，我感到過去就是他的表情
不再渴望新生活，像哭濕了的火柴頭
與今天再也擦不出火花

過去變成淚珠，但沒有地方往下滴啊
蒙塵的盆花也害怕它來洗刷

過去離現在到底有多遠？
聽曲的新人背著雙手，就找到了熱愛？
孜孜不倦的二胡手啊，用弦曲支起一道斜坡
我奮力攀爬著，並且朝下滑落

二〇〇三

祖國

一座小鎮，是祖國
友人的命運，是祖國
一日三餐，只是活，還是祖國
我想拋棄的，比我想說的還要多……

有時，我需要魚竿的猛力回彈——
提醒我，歡樂裡有險惡不定
黎明，只是即將流回黑暗的黃昏
年輕喚出的，不過是壓驚的老！

彷彿屬於祖國的，只剩下這麼多——
是最不起眼的孤寂，堅守著祖國
是貧寒，浪費，白酒的墮落
幾闋亂曲，勝任著祖國！

詞彙表

雲，有關於這個世界的所有說法
城，囤積著這個世界的所有麻煩
愛情，體現出月亮的所有性情
警察，帶走了某個月份的陰沉表情
道德，中年時不堪回首的公理，
從它可以推導出妻子、勞役和笑容
詩歌，詩人一生都在修繕的一座公墓
灰塵，只要不停攪動，沒準就會有好運
孤獨，所有聲音聽上去都像一隻受傷的鳥鳴
自由，勞役之後你無所適從的空虛
門，打開了還有什麼可保險的？
滿足，當沒有什麼屬於你，就不會為得失受苦了
刀子，人與人對話最簡潔的方式
發現，不過說出古人心中的難言之隱
方言，從詩人腦海裡飄過的一些不生育的雲

二〇〇三

問題的核心

棕色的東西
其實是藍色的
黃色的愛情
其實白得單純
紅色的殺戮
其實是黑色的背叛
有些緩慢
其實刺刀一樣衝動
亮得耀眼的
其實灰得慚愧
誇耀你的
其實是蓄意的省略
噴薄而出的英雄
其實是委身者
成就其實
是累了的被拒絕

我和你
雖然不同
其實一樣要面臨結束

二〇〇一

我和你

雖然不同

其實一樣要面臨結束

——《問題的核心》

卷一　南京哀歌

輯二　中年

記憶

也許冬天與你有關，它不只是冷
叫我輕輕地打開一個念頭：
心總是無事生非，最好把它安頓在過去——
惟有你我去過的小湖，沒有一絲移動

後來，某個城市，和我緊密
燈火沸揚，又與我無關
城裡的黑暗，需要一雙好眼睛才能適應
城裡的生活，要靠硬心腸才能救命

冬天，我身上的舊傷又在痛——
大概你已經衰老，目光還算年輕
曾經的小湖，依舊要應付戀人們的分手

也許你我的記憶並不相同，就像湖水
總是有意或無意翻滾著波浪……

二〇〇六

一個下午

我比風還要拙劣——
摸遍山岡，還是不能安靜
舉目四顧，還盼與野兔的目光相遇

我知道，將被山岡說出的善良
肯定與我無關
清泉只是清泉，卻忠實於某月的寒天

溪水再細小、蜿蜒，都可以教育人心
可以找到我故去的親人
連影子墜向何處，都是神聖的

一個下午，我在為不爭氣的不安忙碌
想不透，這片草地的慈愛是怎樣長成的
在一道夕光裡，只是假裝走得像樹影一樣安詳

二〇〇六

家鄉

那年九月，遠方對準了我的心
我離家，走外省，該是多麼不孝
愛上的湖，一路叫不出名字
鍾山既真實可觸，又像假的——

要拋下家鄉的龍王山，並不容易
一樣的毛竹，激起的心事各不相同
一樣的寂靜，也散著不一樣的含蓄
我感慨鍾山時，偏像感慨著龍王山

後來，家鄉並不適宜回去——
拆掉的古鎮，在心中空出的是黑暗
有一年，我想通了，為什麼來外省
我只剩一個舊的家鄉，和它不能再生離死別
現在，家鄉彷彿就是我自己……

二〇〇六

雁陣似剪刀

坐在廣場，我只有預感
我愛的雁陣，像天上一對細長的對聯
它們想說的話，連墳場的寂靜也不打擾
它們只剩下遠方用來安身

凝望雁陣，我看清了心裡那麼多的幽暗——
它們猶如哭瞎了眼的兩行長淚，提醒著萬物
但我不是萬物，連消退的晚霞也不是
當落葉滿地，我有的只是落葉的動搖……

也許下一個清明，我就把雁陣遺忘了
忘了雁陣曾想繞過我們的執著！
看著鳥兒歸巢，已不急於表態
懷揣著從墓地帶回的談資，讓生活變得更逍遙……

二〇〇六

悼老師

此刻花木凋零　熟悉的人已變得陌生
身體裡的往事像一只只嗩吶　在送死者遠行
往事被那麼多的人抬著
艱難時日已成了繁星

我躺著身　想知道他在想什麼
想知道身體傾入黑暗的依據
爐堂裡的觸目驚心　成了他最耀眼的祕密
我所景仰的人啊　他的沉睡
竟像火花四濺的鋼水……

二〇〇四

林中的二月蘭

誰都想看林中的二月蘭
彷彿它是枕邊花，那麼容易想起從前……

它長得任性
已經越過林邊那片墳地

有時鐘聲也撲向它
既像威脅，又像哺育……

我去過無數次，動過真心
它在風中跪著，像女兒聽到了母親的死訊

它的臉與春天相悖，既有薄命的紅顏
又有墳裡你爭我鬥的亡人的羞愧……

二〇〇六．五．二十八．定稿。

中風老人

輪椅裡的中風的老人，蜷縮得
像一顆陷在衣褶裡的紐扣，但雙眼
是跳舞的青春、頑皮的刀片
甚至想給過路女人一點傷害
是什麼讓他的心變得這麼強壯？

他的眼睛追蹤著滿街的女人，把積怨
像糞便排出體外，兩個把他架來的娘兒們
無法忍受他長時間的張望，連這個
屍體般的老人，也有撕心裂肺的非份之想
那麼，還有什麼樣的生活是我不該適應的？

二〇〇三

父親

靈堂的最後一夜，我嘗試著另一種交談
我想到，風是一根電話線
一整夜，我聽見父親優雅的舞步
舞步聽起來，像一朵剛洗過的雲

風把手指伸進了花圈，它給我親愛的父親
找回穿衣戴帽的聲音
我不敢咳嗽，聽憑父親把自己
打扮成一個體面的漢字

風，結結巴巴模仿父親的口吃
它說時，我不再臉紅
它說時我才發現，那是一串來自天堂的語言念珠
那一夜，我哽咽著反反覆覆地試戴啊……

二〇〇八

蝙蝠給我畫像

一隻蝙蝠撞上我的臉，又一隻已經靠近
也許牠們要引起我的注意，我的步子已經放慢
我對牠們的等待，就是對戀人的等待

我知道，牠們只願在黃昏時趕來
這樣的黃昏更接近虛無
這時的黑暗，更像牠們的衣服

也許我淺色的臉，更像一個洞穴
牠們要往裡飛——

變得空洞的不只是我，還有我的生活
到處都是可疑的漏洞啊
無意間，被蝙蝠的回聲一一探出……

二〇〇六

哭泣之歌

眼淚是常有的事，尤其到了中年
這可不是高尚的風俗，你心中的冬天
能走多遠，眼淚也要跟隨多遠
眼淚常是別人的磨難，在你體內受孕而成的

你常忘了為自己而哭
當你驀然回首，你的心卻在為過去加冕
記憶裡滿是爺爺擔江沙的號子聲
你是要為他哭一哭的，他的一生只有菩薩能澈悟

這個年齡，你向神又靠攏了一步
良知捱過了青年的冬天，開始發芽
這個年齡，方言已經成了嚮往
你觀著《牡丹亭》，有淚盈眶

二〇〇四

致爺爺

你死後，你的路還在延伸
我躲進你的舊作
也就躲進一滴孤單的淚中
即便裡面是齊天巨浪，也如此沉寂

一切都靜得叫人發慌，你的舊作
在暗中移動了誰的身體
讓他躲過更加血腥的一頁
你的用意如此溫暖，讓我忍不住淚湧……

風來了，我該不該把響動告訴父親？
似乎在風的深處，你慢慢折疊著自己的一生
風把你當世間的灰塵不停地拍打
朗讀著你陰間的一卷新書？

二〇〇四

奶奶之死

奶奶死了多年，我的內疚
還是沒法排遣，她不希望
爺爺的死給老宅帶來變化
但兒女們的盤算，是她懷著佛心看不透的

死前她住在租來的陋屋
春天已變成死前的泥濘
我寄去的錢，簡直像羞辱
家人的愛啊，怎麼會變得如此渙散？

當微風吹拂墳頭
死後的孝敬已變得容易
我們再努力啊，也成不了陪伴她的小徑
兩旁的花草枯萎凋零
彷彿我們已經用盡的孝心……

二〇〇四

悼友人張鴻昭

塵世把你當作一個果實獻給死亡
那根卡在喉底的魚刺，也成了你
留給妻兒的最後願望：像魚刺般
既韌又利，專門獵取柔和的呼吸！
現在，再沒有什麼能戰勝你了
死亡是深邃的、祝福的、成熟的
青年時落入死亡，你就不再有變化了
不會有寬容而憂鬱的老年，免得看
青春的倒影，如何腐堤般伸向死亡的泥河

在另些人眼裡，你喉底的魚刺
是那個冬天的喜劇。但我想說
你的死是暫時的，就像所有祝福都是暫時的
我曾像婦人一樣悄悄哭過

想弄清啊，什麼是更深的深淵！
直到火葬廠的煙囪，向我吐出你最後一口煙圈

二〇〇三

題南飛雁

不是天籟之聲，又能是什麼？
在楓林的上方，在雲層的下面
雁群的叫聲突然窒息了我
僅僅幾秒，我的內心就慌亂了……

一群，又一群
它們瞥一眼弄髒的城鎮
就把對噩夢的戰慄傳遞給我們
它們是秋天的最後的謠曲嗎？

我像一隻幼雁，已掌控在這片雁聲中
我承受著和雁群分離的痛苦
我的眼淚裡有一座詠唱的歌廳
帶我隨便飛落到哪裡去吧
只要別掉在人世的空虛裡

二〇〇四

卷二

東方集

初戀已慈祥

初戀已慈祥，慈祥如幾片落葉
我拾級而上，見橋下已經壯美
聽見流水的和聲，已有了女孩的嗔怪
每一聲，都讓我與她相遇

雲，一會就不見了
正是這樣的離別，藏著驚濤駭浪
那麼多的水紋，在圍著一片落葉
我知道，那是水的葬禮
已為初戀準備停當

失戀後的揪心，已是一座牧場
從此，我要愛的是落葉，而不是收穫
當我把祕密都託付給河水
已有無數的橋，可供我節節敗退……

二〇〇八

幸福

她睡著的時候
我該把愛情放在哪裡
放在她光滑的肩胛
雪白的臀上
情慾的停留處
或她不知道的某個地方

事實上，這個煩惱的人
屏住聲息
在變換著幸福的方式

二〇〇一

你不再愛我
你的性感
仍在名稱之間橫越

——《稱呼》

稱呼

我應該怎麼稱呼你
叫你小核桃
小絲瓜
小兔子
叫你
得用上另外的二十個名稱
孤獨時才能看清
名稱之間的深溝
你不再愛我
你的性別
仍在名稱之間橫越

二〇〇一

另一種懷念

——給Y

我懷念著你，在抖動搖晃的渡輪上
在欲言又止的塵土中
我至今守住的，是你的鐵石心腸
是你的意義不明，就是在這山坡上
每一個分手的細節，都長成了小樹！

自從你走後，我見識著山水，不再孤單
見識著塵土，不再羞澀
我靜想，在明月朗照的異邦
你是否找到了那種生活
也許鹿的足跡，比你還清楚你的願望

但我必須在空蕩、親切的故土
在蚊蠅成群的百里江川

每天敲敲擊擊中，遙望鍾山
寫下許多字，才能安睡並忘乎所以

二〇〇五

舊情

有過的愛情，寫了又寫，感覺還是不夠
在樹林的盡頭，我在適應無愛的世界
適應淅淅瀝瀝的雨，適應違章建築

記憶可以改變，一些痛已經讓人著迷
看見太陽，心裡升起的是月亮
走在夏天，也許心裡的事恰恰冰涼

淚水常突如其來，令我不知所措——
我正被一片鳥鳴喚醒，遙望鍾山歷歷可見
思念已起於一片暮色……

二〇〇六

愛情輓歌

——致ZXL

請你接受我遲來的問候吧，那時你一塵不染
玉、絲綢一樣愛著心中的皇帝
回想起來，你是一朵玫瑰，卻沒有恕放過
那天，蜻蜓在幽綠的水面即興彈奏
我帶給你的，只是一場落日的完整

回想起來，那天多遼闊，而生活多破碎
你的心在縮緊，我卻婉言告別
只要輕輕一說，你的苦惱就屬於過去
我偏停在那個時刻……現在你依然
不能代替我選擇，沉默依然是生活的鍊金術啊

但我在你的愛中，懂得了虛妄、多餘
遙遠的你，還會問：「可以嗎？」
現在，我的心裡沒有了寒光閃亮的刀子

風吹夜窗，我在為你灑下幾滴眼淚
人生多神祕，而你的舊愛已日漸沉重

二〇〇四

郵局

——致YN

一旦寄出，就不能收回
也許情書，還不夠動人
也許獻詞，還不夠光輝
也許幸福，已有點淩亂

當他寫下「自由」，窗外的風
就把它當沙塵，披在肩上
當他寫下「愛你」，寺廟的鐘聲
已羞得要鑽入窨井

愛，本是藏在他身體裡的郵件
卻要去千里之外走親戚
要用三天，走完一個漫長的比喻

有些字眼向來有休息日，寫完不易常碰
寄出去，就不生不滅

二〇一一

四月的雙飛燕

屋頂上有兩隻燕子
沒有人能猜出一陣燕鳴的含義
我拍響巴掌，彷彿掌聲與燕子已經談上

只希望與燕子的舌頭一模一樣
不去述說經書的不朽，不再被南宋詞冰涼了胸口
大地無邊的蒼涼，已像燕鳴聲聲相聞……

我要為異鄉的戀人斟酒十杯
讓燕子檢閱我的醉意，檢閱我的淚水
此刻，任何離別都不是離別
依舊像雙飛燕，點綴著四月……

二〇〇六

粗話

街上的粗話，有時會從我背後
追著心裡的痛，會讓我一下變得挺陳舊
我像梧桐，似乎無法遷徙
是平庸的生活，令我把腳步停住——

一對情侶的親昵粗話，讓我產生了信賴
原來可以用黑暗愛一個人——
藏在黑暗裡的甜
更新鮮，也更強烈……

他們的粗話，秤出了我初戀的重量
那年，優雅成了我初戀中的距離和寒氣
我和她，除了優雅什麼也不做——
當年閃閃發光的初戀，似乎就缺這麼一點黑暗

二〇〇六

病中的思念

在他生過的幾種病中，她像藥片
在血管裡走著慢三步，也許她
還舉著旗子，為一隊好奇的遊客備了馬鞍
她走後，他的身體裡還剩下什麼？
是否有了更大、更病態的勇氣？

在大街上，他看見一千張相似的臉
就像一千粒相似的藥片
與他病中的虛無周旋
一片一片，掉進她淚腺的金魚缸！

他生過幾種病，就有幾種理解她的方式
他開始為他的過錯計數
彷彿要為時間找到最公正的石英鐘！

二〇〇四

情愛

你是我被窩裡的海
我要奮力游泳
我就沒打算活
我要證明我的餘生不在海岸

二〇一二

老年

在老年，捧讀一本書是幸福
把老婆的叮囑敷在耳裡是幸福
打開門，看見藍天是幸福
敲錯門，輕聲道歉也是幸福

二〇一二

幸福問題

最值錢的金條，都來自太陽
但我不敢直視那個源泉
直視太陽的凹鏡，燒著了紙
但我不知，凹鏡與紙誰更幸福？

二〇一二

婚姻

——給妻子

我是你所有的朋友
也是你所有的敵人
愛就像繡花，難免會紮破指頭
就像把木屋送給白蟻，讓它享受房子坍塌的幸福

二〇一二

藍色

這是讓晚年清醒的顏色
這是讓初戀發生的藍焰
這是南方客心裡一本愛情的舊帳簿
離去時，他已學會原諒
從今後，他願意在藍色中做一個隱士
走到寒林的盡頭

二〇一二・十一

注：伊寧維族的房子都是藍色。

手風琴博物館

每架手風琴裡的憂傷，都找過他
每個琴鍵上的快樂，都迷過他
五百架手風琴都是他不死的孩子
已成為春天的一部分
如果要看落日，他就是最懂得寬恕的落日
如果要看日出，他就是最懂得催生的日出

二〇一二・十一

注：詩中的「他」指伊寧一個俄羅斯老人，他用一生的積蓄收藏了五百多架手風琴。

街邊溪流

溪水發出迎客的嗓音
也發出送別的輕歎
讓我願意閉上眼，想像它的源頭
它帶來雪的懷春、山的耐心
它用清澈，證明我已污染
我真願像它那樣，用餘生去挽留雪山的餘生

二〇一二・十一

注：伊寧維族家家戶戶門前，都有溪水流過。

感遇

歡聚之後，空虛更深了……
我看著，走著，又沉湎於一條舊路。
人要挺住的，不是悲痛，而是春暖花開，
像夜空的浮雲，來來往往，不過遮一遮星光……

二〇〇五

古風

人生醒時有多少，沉醉的日子唯與車輪比快；
縱使有一百年的幸福，你的心還是要漸次悲涼。

某日的飲酒長醉，彷彿消磨掉了一個人的空落，
彷彿悲秋不再湍急，落葉也愧說凋落。

醉了就像秋風，在雁行書寫的秋雲中。
人生需要應對多少的細枝末節，
空濛的山河比人生更曖昧……

二〇〇五

夜行火車

雨像徹夜不歇的馬蹄
它敲打的褐色土地徹夜不醒

一塊褐土的皮膚上，一列火車正馳過
我瞥見車窗裡的倩影，彷彿一根華麗的羽毛
火車報答了做夢的皮膚

二〇〇三

傾聽

閉上眼睛，這座山就消失
消失了夏天，收割後的空閒
彷彿夜，收割走了所有人的影子

我感到某片樹叢中的某種離別
就像一隻鳥，覓食中丟失了太多的時光
樹叢的黑暗把剩餘的幸福隱藏

二〇〇三

集體舞

我們手拉手
圍住一只高腳凳
凳上什麼也沒有
我們的手上除了手
什麼也沒有

一九八九・三・十七

中秋月

夜已深，浪在安眠
我看著被李白關心過的明月
它像空白的帳本，上面沒有帳可記

彎腰處，是一池秋水
我在漣漪間認出了你的顫慄
今夜，我要熟悉的，不是一個節日
是你常談的屋簷下的那隻飛燕……

也許我的夜不成寐，已漏洞百出
我等著曙色，就像明月——這空白的帳本
等著一筆巨大的債務……

二〇〇五

訪問

沉寂比一座山還沉
詩人沒有更輕的用來搪塞
祕密的走近，像一顆微塵被呼吸驚醒

誰願意把自己比作清潭？
往事比清澈更願是不存在
波紋是正在進行中的訪問

一塊石頭　試圖
在最輕的波紋中轉身　抱住
哪怕一股最細的水流

一九九九

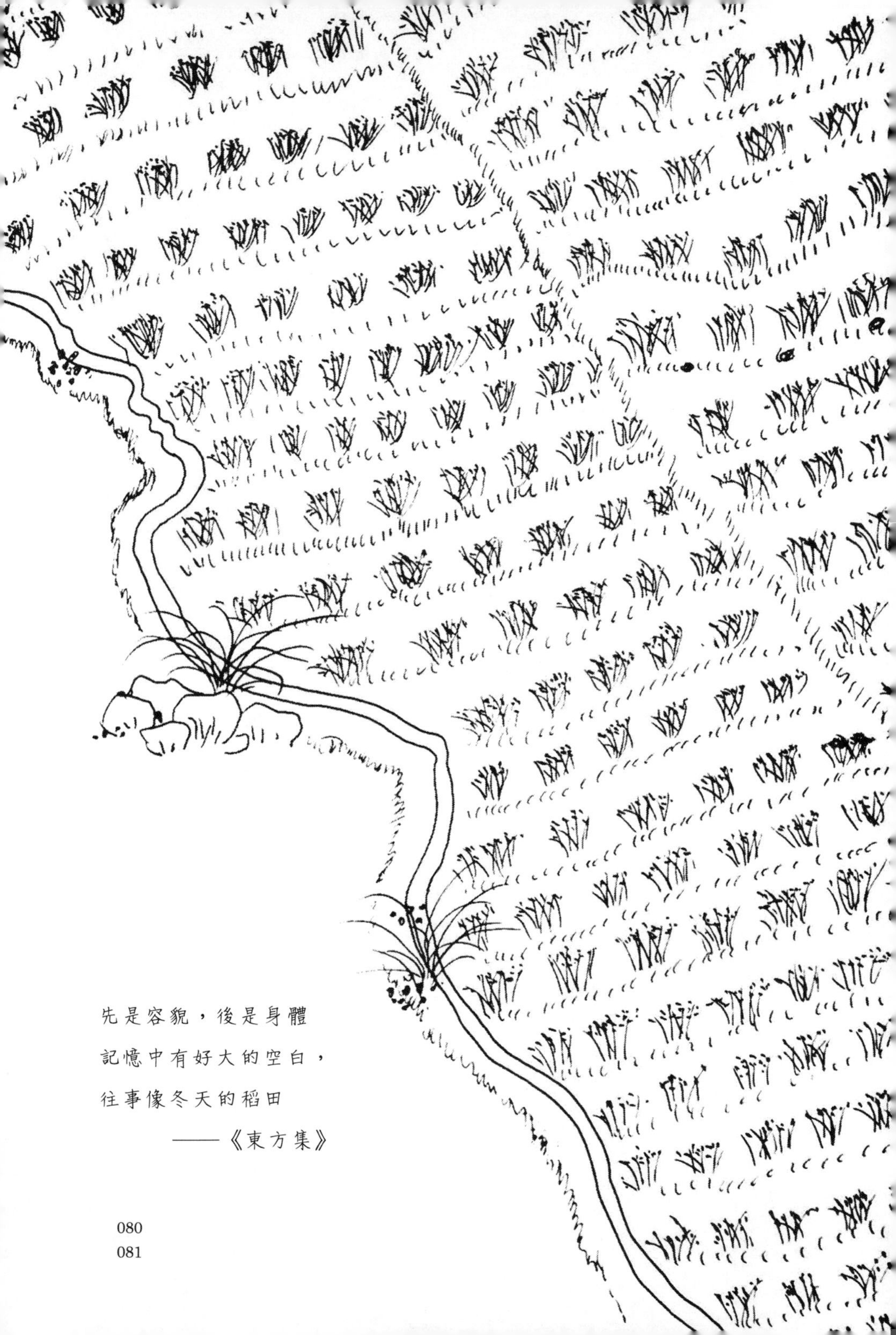

先是容貌，後是身體
記憶中有好大的空白，
往事像冬天的稻田
——《東方集》

東方集（選二十）

題記：我把寫四行詩視為基本功，也可以解釋我的詩多數按四行分節。我對短制的迷戀，源於對古詩的翻譯。翻譯越失望，越令我瞭解白話的壞脾氣。以下四行詩，是我與白話搏鬥的結果。用短制捕捉詩意，能讓我知道最小的荒地在哪裡。無可否認，是絕句、《萬葉集》、薩福等，令我熱切地把精力投入進去。

一、

和你相見的路，多麼遙遠
馬兒剽悍，還是一樣無用
四十歲的呢喃，還是一樣無用
初夏，長路經過的泥土、樹叢，已在慢慢出汗

二、

是晃動的朝露，受不了小鳥催促
但秋色不會停下，等待朝露的瞳仁
紅葉——這是誰安排的勾人思念？
穿好紅裝，與我相見

三、

露水突然發寒，望見了葉的厄運
北風起時，月已悲涼
來碰運氣的心情，剛剛越過山嶺
沒有你的夜晚，立或坐都是錯

四、

郵寄出去的，已不是愛情
一本書，一張照片，都會令人失望
愛情的斷章，已渡不過河流、峽谷、大洋……
寶貝，若是大雪紛飛，你該知道我在準備翅膀

五、

趁著雨停，我趕路與你相見
你的影子，多得足以舉辦一場葬禮
那時，我還是孩子，卻想和你小睡一會
未穿衣的你，肌膚白得像空曠

六、

相識是註定的，幸福是無助的
你莞爾一笑，養活一片戀心
我能說出的，只是驚蟄日的夜市
你是已經停泊的海中白浪，是已經劈開的月光

七、

夢是望遠鏡，積攢著小道消息——
望見你身邊的小河，不再是安慰
望見你在整理衣扣——那是看守你肉體的一群獄警
望見春風刮得不明就裡，比冬天更像冬天

八、

說一說海浪翻騰的祕密吧，那是誰的勞動汗水？
當浪緊緊抓住船兒，它在索要誰的厄運？
逃不過的一劫裡，充滿愛縱容的尖叫
在船剛剛鋪就的航道上，每個浪都想躍為華山

九、

我最怕，想不起她的樣子
先是容貌，後是身體
記憶中有好大的空白，往事像冬天的稻田
受著北風的審判。更虛無，也就更洶湧……

十、

選擇一個豔陽天，退入三十歲
把手放在她的乳房上，裸體傳達的忠貞
比放浪更傳神。那樣的幸福都曾翹過尾巴
肌膚貼得那麼緊，才使如今的心事隔得這麼遠

十一、

用肥皂洗一洗舌頭
洗去祕而不宣的髒話，洗去滿目瘡痍的甜言
請重數頭上的一千顆星星，不管用哪隻手
請把失敗、飛灰，安排進你的追求

十二、

過去多強盜，今日多謊言
是過好日子的願望，令我們陷入新泥
是一撇一捺的舌頭，把祖國請來做客
是酒令祖國滿臉通紅，什麼都能寬恕

十三、

夜裡做的事，沒人想在白天做
沒人嫌月的天窗太小，怎麼也跳不出去
到處是夜的黑口罩，像池水的心跳，撩人春色
一個兩手空空的人，等著接月亮被砍下的頭顱

十四、

圓月說，請戴上我的單片眼鏡——
是的，理解鏡片的深意，需要很多年！
我的視力，已經混入飛蚊和霧氣
就像祖國，得靠水災才能熬過豔陽的夏季

十五、

教日子一個躺下來的姿勢，不要讚美它的安魂曲
教星星伸出閃亮的舌頭，讓它舔一舔祖國的傷口
教我們打撈溺水者的名字，不要說出它就是中國
一不小心，陽光正好就是月光

十六、

山像一隻獸，聆聽著寂靜
是誰找不到，它呼吸的證據？
一個山民壯著膽兒，去攀山的脊背
陰坡和陽坡各安天命，等著山民說哪條坡善，
哪條坡惡

十七、

三五成群，而我是願意孤獨的人
省下聚宴的酒，省下離別的惆悵
裹著太厚的幸福，幸福就變成寒冬
只有覽盡山川，一個人才不再是一個人

十八、

成排的梧桐，只襯著一顆星——
夜空說，是城市毀了我的臉
是喧囂讓寂靜變成遠方。我不是唯一
想轉身離去的人，只想聽那顆金星，用沉默歌唱

十九、

池水搖晃，想擺脫落葉的糾纏
在秋的葬禮上，它不願再扮作一滴悲淚
一座山寺靜坐雲端，竭力護著所有朝代的孤單
雲越洶湧，越美得像亂世……

二十、

和家人共度元旦，這是去年在向今年求愛？
聲聲爆竹，收藏著祖先們的快意
慈悲耐心地像彩旗拂動。為了過好重逢的節日
我外出尋找一個顛覆朝代的動詞

二〇一〇

卷三

臺灣組曲

女生校服

我凝視著女生，就像凝視著最純的潔白
甚至忘了女人的模樣。
她們像詩歌，分成幾行——
第一行，有叫臉的玉蘭，有叫嘴的樂器，
有叫頸的楊柳
第二行，有叫上衣的白雲或藍天
第三行，那已經上路的裙擺突然停下，
禮讓著自由奔跑的大腿
第四行的小腿，習慣把長統襪的門窗關緊
第五行我最熟悉，那是螞蟻或青草最妒忌的球鞋
載著她們和美夢賽跑

二〇一一

注：臺灣女生校服著力體現少女的清純之美，不同於比較中性化的大陸女生校服。

颱風

風真大，我成了含羞草
成了在它身體裡來回徘徊的骨頭
成了低下頭來認錯的少年
變得更謙虛，更安靜

風可不管誰來統治，它甚至用我的傷口
朝外揚眉吐氣
甚至要我記住，它是踏實的管弦樂手
甚至讓大廈，也對它頂禮膜拜

當我回到無風的日子
我發現，生活裡有一個更大的氣旋
它讓我像海鳥，輕輕躍過海峽
看見傷口般的海峽，悄悄彎起笑微微的嘴角

二〇一一

墾丁的海

浪像孕婦，可以生浪
而我，可以從浪尖找到許多東西
找到磨亮的鋤頭、擦亮的皮鞋
找到洶湧的淚水、醉醺醺的酒瓶
找到墾丁的白燈塔、畫畫的白紙

我找到的所有白花，很快都會凋謝
我找到的所有白天鵝，很快都會飛走
我找到的最白的純潔，像一把亮劍
很快把我劃傷

作為千里之外的來客，我聽得見自己在浪尖呼喊

二〇一一

注：墾丁係臺灣最南端，那裡面朝太平洋，海碧藍，浪雪白。

清泉故事

我追隨著一條通向大山的峽谷
我真想失業，成為山裡的一個野孩子
山頭有一疊白雲，已不知被山澗洗過多少遍

三毛已走進我眼前的地圖
她是另一個拿著駕照的野孩子
她把整個臺北抵押進了當鋪

我忍不住，從一處故居走到另一處故居
這樣清泉的故事就比陸地還大
這樣我找回的兒女情長，會使我遼闊

成為野孩子，需要身如巧燕
需要領會炊煙的婀娜，需要像三毛一樣病得動情

其實，再往山裡走一走，所有的山都像火把
會把驚悸的過去照亮

二〇一一

注：新竹縣的清泉是臺灣原住民泰雅族的居住地之一，也是張學良被軟禁十三年的居住地，留有張學良和三毛的故居；三毛生前在清泉的好友丁神父著有《清泉故事》一書，由三毛譯成漢語在臺灣出版。

日月潭

第一夜，看見燈火明明滅滅
就像美人，被黑紗遮住了臉
我想：也許你的名字比你更美
也許你的陰影比誰都長
就算我有銀河的翅膀，恐也飛不出你的憂傷

第二天，看見光線像毛筆
不停勾勒你臉上的慈愛和滄桑
看見浮嶼藏著把小船變成草原的野心
聞到檳榔花香，像初戀，持久而迷亂
看見萬頃碧波，像千萬片綠葉試圖挽回春天
我，一個中年，流連在湖邊
看見每朵浪花都是新生的燭焰
用舞蹈取代雲中的烈陽。此刻
我與每朵浪花的距離，就是與每個記憶的距離

與每種幸福的距離。不管我來自何方
從今後，我的生活都需要重新安排——

就像你，可以用蒼老的水紋，領回自己的青春
可以用健康的雨水，把黑夜洗成白晝
可以把萬波擁簇的白髮，變成滿湖銀鏈
直到我珍惜每分鐘的離別，懂得
你的圓滿、美麗，來自湖底深處的安詳
懂得，開始已包含在揮手告別之中

二〇一一

注：浮嶼是捕魚用的小船，船底設網，船上則種滿花草，遠看像浮在水面的一塊草坪，係日月潭的獨特景觀。

那些海豚從不懂得照顧自己
它們尋找有船的地方
從不擔心有人心中擺滿了槍炮
——〈在花蓮海上賞鯨〉

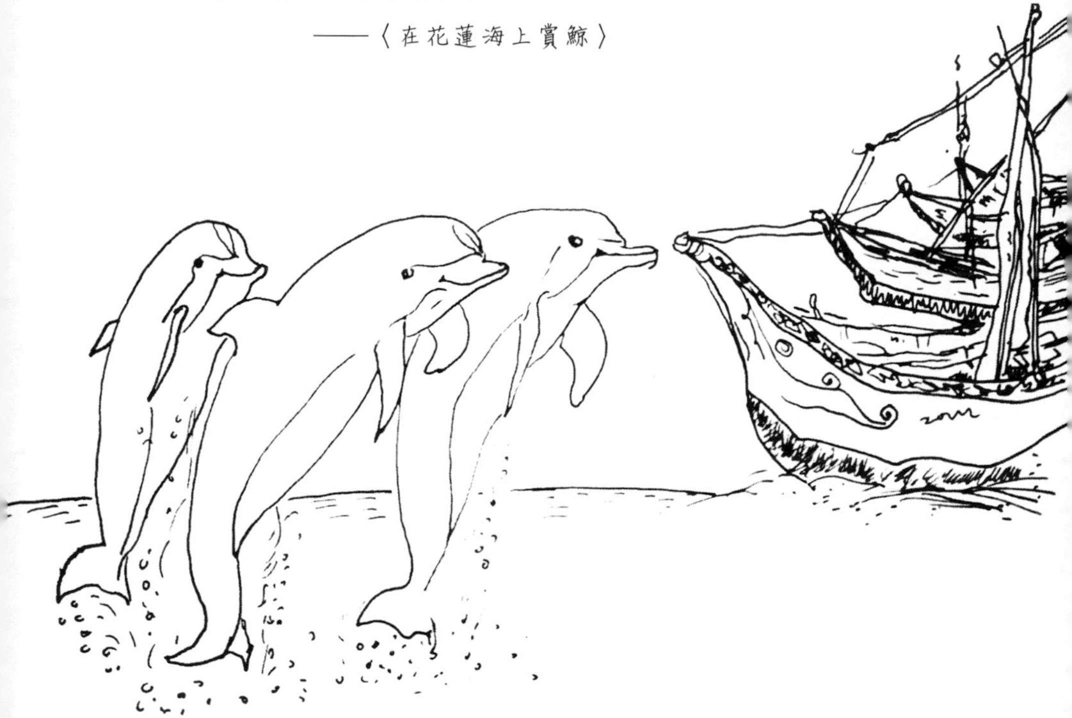

在花蓮海上賞鯨

那些海豚從不懂得照顧自己
牠們尋找有船的地方
從不擔心有人心中擺滿了槍炮

牠們躍出海面的身軀，像一顆顆沙漠的草種
試圖帶走我內心的一片荒涼
試圖教會我理解，海面也有白氈房、白柵欄和青綠山
牠們離船如此近，卻把我的心思帶得那麼遠

牠們隨便一躍，就像玻璃刀放過有色玻璃
拒絕把陰陽海的藍與綠分開
也許牠們是醫師，每天要按摩大海的丹田氣穴
海上的風浪，甚至讓我無法逆風流淚
而牠們，從不順著風
那逆風的完美一躍，就像流星越過我的虛無

二〇一一

注：兩股洋流相遇，會在海面形成涇渭分明的陰陽海。我在花蓮看到的陰陽海分別呈藍、綠色。

登陽明山有感

——白靈

我們用半天，在它的脊背上走動
這裡曾是臺北人心中的一派牧場
陽光順著我們的願望，繼續愛著牧場
順著我們的不安，挽留從四面湧來的喝彩

這裡地方狹小，每座山都要成為男人
每條河都更加纏人、情誼深長
夏風中，每片綠葉尚無需擔心它的暮年
陣陣蟬鳴，擁有比我更專情的好聽眾

但我等著暮色，等著學習這裡的江山用空濛調色
等著暗淡鋪天蓋地，把驕傲的山巔淹沒
當太陽這個國王，每天也要卸任一次
我便明白，暗淡不是失敗，是讓萬物平等的遼闊

我邊走邊想，讓一些悲傷的事慢慢把內心加寬

二〇一一

注：陽明山是緊鄰老臺北市區的一條山脈。詩人白靈曾帶我等登山遊玩。

烏來溫泉

去烏來，應該另覓小徑
找不到烏來仙境的人，應該怪自己懶
如果不泡溫泉，你會不知什麼是浮世
有些水非常奇怪，你要躺成一條江河
才能懂它的愛

你當然無法讓臉上的色斑褪去
無法讓魚群游進你的皮膚
你若像堅守的岩石，會感到它是大地的滾滾熱淚
也許大地用它的傷口，在思念一個用斧子的猿人
他不會用推土機，把山一點點鏟平

只有讓時間慢下來，你才不會再失去
才能瞭解烏來掙扎中的寂靜
才能用水洗淨你渾身的陰影

帶走你珍惜的白，摟著你用勞動換來的假日
搭上車，驟然情不自禁

二〇一一

淡水落日

漁人碼頭，陷在一首浪漫的歌裡
唱得落日滿臉羞紅
唱得我，不知該伸出哪隻手挽留？
我知道，此刻除了感傷，其它一切都是徒勞

看渡船，用掉了多少塊海浪的白毛巾
看橋墩，用腳趾多少次為海床撓癢
站在碼頭，不相識的人也會變成親戚
盼著別人交上好運

我想，不止我有這樣的錯覺——
當我搭船離去，發覺剛才的天堂悄然而逝
眼前的紅天黑水，突然舉起一把海浪的大斧子
要為船劈開地獄之門

二〇一一

注：搭船從漁人碼頭返回淡水途中，夕陽已沉入海中，海水驟然墨一樣黑，天穹血一般殷紅，猶如末日景觀。

太魯閣山區

我去過一回太魯閣山區
也許步道上已留下我的汗腥
也許山壁上的燕子洞，還想調亮變暗的往事
我像一個幸福之徒，故意把一潭清水攪渾

我學蛇，在石縫間穿梭
學鳥，飛過螞蟻築成的市鎮
甚至學魚，和水草一起回憶
我像寄生蟹，已經走出長久寄生的硬殼

在那裡，和落葉待在一起也不嫌孤單
不會得糖尿病
不會得帕金森
在那裡，你已是別人心中的一株野人參

二〇一一

注：太魯閣係花蓮縣泰雅族等原住民的居住區。

花蓮的海

花蓮不停下雨，海因風更加生動
我望見海裡有無數舌頭，
它們想說的話已經凌亂。我覺得
我身處的懸崖，也是海的一部分
它像浪，竭力把肩聳得更高

我也是浪中想游向岸邊的一片舌頭
我講出的往事已開始消瘦。我相信
我能說出的空虛，連大海也填不平
我也是花蓮海上的那些漁船，想磨平大海這面鏡子
擔心變皺的鏡面，會把更多的人遺忘
我來到海邊，成了找明鏡的人
微醉的海水，敦促我做一只負責任的酒瓶
當我行進在雨的長髮之間
我想，沒有水的陸地，還能靠什麼壯膽？

越靠近花蓮的海，我需要的睡眠也就越少

二〇一一

注：花蓮縣有臺灣最美的景致，山海一體，如夢如幻。

輯二 繁體與簡體

我在臺北，無端地想寫一首新疆的詩

我飛到臺北，卻還在你的疆土
我不知熱饢、天池、大巴紮、氈房，
還會伸向我意識的哪裡？
它們已使我的內心，喋喋不休——
就像飛沙走石，充滿快要用完自由的擔憂！

八月，我來到臺灣
當我記下臺灣某個地名，卻看見新疆忽冷忽熱的影子
看見這座島嶼就像一隻新疆的山鷹，
因為迷途睡在海裡
看見九份夜空的群星，蟄伏著新疆天池的粼粼波光

當我一頭紮進臺灣的森林，發覺
我沒有與新疆的瀑布告別
暖暖熏風是某個新疆老壽星的手，還在摸索我的臉
我泡在烏來溫泉的身體，還在探試新疆酒杯的深淺

臺灣的夜晚，也許是世上最大的一塊黑板
等著我用雪白的善良，像粉筆一樣愛它
愛，就像架在新疆與臺灣之間的一根琴弦，
我要拚命彈它
在任何一夜，彈得就像離別

我在臺北，無端地想寫一首新疆的詩
臺北雖然沒有氈房的炊煙，但都有一只歎息的肺

二〇一一

注：我來臺北前剛好去過新疆，記憶中的新疆難免與視線中的臺灣相互交織，難捨難分。

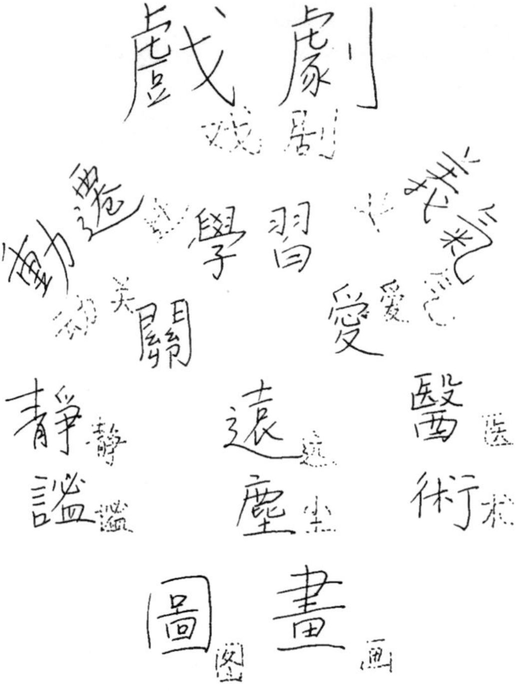

繁體適合返鄉，簡體更適合遺忘

繁體葬著我們的祖先，簡體已被酒宴埋葬

——《繁體與簡體》

繁體與簡體

繁體適合返鄉，簡體更適合遺忘
繁體葬著我們的祖先，簡體已被酒宴埋葬
繁體像江山，連細小的灰塵也要收集
簡體像書包，不願收留課本以外的東西
繁體扇動著無數的翅膀，但不發出一點噪聲
簡體卻像脫韁之馬，只顧馳騁在濫發文件的平原
當繁體攙扶著所有走得慢的名詞和形容詞
簡體只顧建造動詞專用的高鐵

簡體會說，繁體長得像半死不活的碑文
會譏諷，繁體還穿著旗袍、蹬著三寸金蓮、
戴著民國的假睫毛
會把繁體的安靜、低調，說成是不善辭令
會把自己臉上的色斑，說成是福痣
當繁體把話題交給上半身
簡體的夢已卡在下半身，無法拔出

忙碌中，簡體像霧氣，從不想排隊
繁體相信，排隊的耐心能造一把好斧子，
　能寫一本好哲學

簡體已砍去多少枝條，就已留下多少傷口
繁體每多一道彎，就多一條路
就多了前世和來世，不像簡體，只能把自己捐給今生
瞧，簡體把最重的擔子已卸給繁體，生怕被快樂拋棄
但簡體不知，繁體身上的鏽跡，也是奪目的鱗片
繁體身上的寂靜，也是動人的歌聲
當我，被夾在繁體和簡體之間
我就像最後一個知情者，日夜承受著祕密的負重

二〇一一

我是這樣愛著臺北

我是這樣愛著臺北——
像一個執拗的郵遞員，銘記著許多店名
我把臺北人當作遊客，等著為他們解說
巴掌大的永康街，去過四次仍嫌不夠
我走在信義路，卻與走失十年的舊友相遇

我是這樣愛著臺北——
用兩個月的凝視，和飛機騰空的最後離別
用紫藤廬的琴聲，來掩埋心中的千秋功過
我從拂曉出發，把咫尺書店逛成萬里江山

當我在深夜寫下「臺北」，
窗外的黑暗卻不再散著寒意

我是這樣愛著臺北——
臺北是我的銀行，我來取孤獨、清貧的利息

吃不完的美食，是我每天的掙扎
已經中年了，我仍是臺北大街上的一個粗人
無法像他們，成為別人心裡的溫情和柔腸

二〇一一

注：紫藤廬是臺北文人經常舉辦文化沙龍的著名茶社。

熱愛

——致顏艾琳、凌明玉、紫鵑

隨便走進一條巷子
裡面都有道德管得住的地方
都有很落後的美好，都有比愛心更小的陰影
乾淨的食店，已把饑饉藏得更深

或許那些愛與恨，就在我的舌尖
就在貪吃與饜足中
就在紅酒鋪設的沉醉夢境裡

就算我有再多的笑容，也不足以支付友人們的情誼
我還目睹了無數盡職的義工
他們使我的驕傲變老，讓我像皺紋
珍惜每一次的失去，每一寸的光陰

二〇一一

我

——致方明、許榮哲、方群

與他們相比，我是一個化了妝的人
是和撐門面的言辭結婚的人
是以雜念報答純真，和謊言私奔的人
他們都像我的父母，接受了我
也一併接受了我內心的尼古丁

當我對他們說話，我已不是我——
是一隻饑餓的獅子，想擁有仁慈之心
是奔襲而來的颶風，想成為優雅的遊客
是一塊鹽鹼地，唆使莊稼想長多壯就長多壯
是輕浮之徒，以為腕上的菩提手鐲足以贖清罪孽

四十多年過去，我第一次被嚇住——
原來我把滾滾山火，當作引路的火炬
我用自尊的補丁，修補漏洞百出的生活
我不比釋迦、蓮霧更真心，哪怕是眼淚

也夾雜著太多的顧盼。而如今
那些像我父母的人，他們用全部的善良
也無法窮盡我內心的疑難雜症

二〇一一

注：釋迦、蓮霧均為臺灣水果。

觀儀仗隊換崗表演

士兵們在耍槍，他們咬緊牙關
把槍托砸得砰砰響，想讓自己在戰爭裡呆一會
幸福的觀眾，像煙霧彈包圍了他們
瞧，已經老朽的戰爭，還要讓年輕士兵摟著它

我說不清，槍托已把我哪裡砸傷
它每響一下，我心裡的溫度就降一度
也許和平時期，最黑的戰爭
不過是士兵臉上曝曬的黝黑
不過是盛裝氣派的行進步伐

我裝著自己沒有砸傷，跟著觀眾
把士兵簇擁成熱愛和平的山櫻花
原來戰爭，可以像蛇一樣耍在手上

可以小到一條步道、幾聲歎息
小到只有半小時的流汗與拍照

二〇一一

注：臺北的國父紀念堂、中正紀念堂、忠烈祠每天均有儀仗隊的換崗耍槍表演。

卷四

凡人修身課

輯一
異鄉

又見北方的山

人生短——而山裡的黑夜長
沒有流盡的月光——多神祕
一個人的感慨——多陳舊
就算憤怒——也像土裡
那踢也踢不動的樹根
是——隆重的埋葬！

我領會北風的寒意——
凡能說出的，已光禿，已廢棄
只有群星，像一株梅樹
天上點點花瓣，是為了讓人羞愧
此刻，若要平靜就更為艱難！

我的每一步，必須不知疲倦
在山裡，有更多悔改的念頭
越聽狼嚎，心裡越多敬重

我難過啊——愛像山谷，已深深凹陷
我是山間惟一的行李
除了走動、銘記，沒有一樣幸福可以帶走

二〇〇七

無聲的塔爾寺

到了塔爾寺，我無話可說
我不可能再比塔爾寺清白
紛紛湧來的詩人，都是好演員
我們轉一圈出去，就轉出了心裡的黑暗？

一個上午，我把祖國在心裡搬來搬去
我多貪婪，既想守著城市，又想在這裡度過一世
這裡安靜的慈悲，真能讓一個罪人安靜嗎？
這些冰冷的酥油花多麼令我欽佩，
它用一生躲避著溫暖

還有那些千里叩拜的人啊，這裡的乾淨、清澈
哪樣不是他們叩拜的貢獻？
和他們一比，我們便像沙漠中的流水
始終來路不明

我一生的憤世嫉俗，是他們無法想像的
我家鄉的殘寺污水，是他們無法想像的

二〇〇九

注：酥油花必須在攝氏幾度的環境，才能保持外形，不致融化。

祕密的報答
——致新疆天池

看著天池，就是看著戀人的眼睛
看著不想穿衣的青春
看著慢慢蹉跎的坦白

就這樣看著，不願開口說話——
我發覺，水裡盛開的花兒，不止有一生一世！
我聽見，被雲杉摟住的岩石，夜裡還在磨刀！

我第一次瞥見，水面飄過農奴時代的鞭痕
飄過被雪水馴服的烈馬，感到
無邊的清冽、靜謐，才是幸福的鬧鐘！

我思忖，那個遠道而來的自殺者
是把身體當成一根素指，勾響一池琴弦
把隔著沙漠的愛人，夾進她的哭聲

我徒勞地，想把風兒蓋在水面的郵戳
寄給已經動情的友人。面對一生只照一次的鏡子
我只想把這個黃昏的沉默，當作祕密的報答……
二〇一一

與溪口瀑布們的對話

我說你是最白皙的閃電，你說不信
我說你是最埋人的痛哭，你又憂心
我說你把祖祖輩輩的墓園，一生頂在頭頂
你說哪有死亡會如緞如綢？

哦，我來不及解釋，熱愛中的蒼茫憂傷
那裡才有屬於我的一間舊房
那裡才有一塊最黑的黑板，讓水花用最燦爛的粉筆
繼續整理、追問這裡的世代學問

我說我已看懂，為何一些瀑布亂發脾氣？
看懂深潭半掩半露的性感。
在突如其來的雨中，它們是一群拒絕打傘的女人
夢想挽著新郎，闖入洞房！

我不再說話，一直仰頭端詳——
哪條瀑布才是我要找的岳母？
真想成為纏綿她女兒心頭的那個新郎！

二〇一一・八・一三

異鄉

我在城邊轉來轉去，看見秋天在慢慢轉身
葉子落下來，在織一匹冬天的布
和風的日子不多了，也許附近的山林還不夠空闊

飛鳥還能飛出什麼樣的心情？
就算追上最後一道夕光，也安慰不了落日
安慰不了我——

這一刻的沉迷，就是下一刻的遺忘
也許只一次，眼淚已幫我收攏心中的亂線
已替我說出故鄉和異鄉的差別……

二〇〇六

關於沙溪鎮的一個贊詞：落後

也許因為古街有生活的居民
它的梳妝打扮，它的低訴埋怨，不再令我憂心
當我目睹經歷風雨的美麗落後
我已變得老派，像這裡的水橋、船塢一樣變得老派

我喜歡古街的石路，依舊發出清代的抱怨
希望迎面走來的人，不只是縣誌裡的省略號

當春花搖曳著老派的道德
已有無數的遊客大笑不止

是的，面對富裕那肥胖的喘氣聲
我只想索要層出不窮的落後——
如果小鎮可以再消瘦，落後得更任性、更燦爛……

二〇一一・六

進山

那是白雲，不是我
是太陽朗照的山谷
不是人群中一顆躁動的心

能向山寺進獻的，也許還有別的什麼
不只陽光被樹隙拉長的鞭子
不只月亮對我不息的無語

讓山谷這樣充盈
讓一棵樹，在風中這樣笑一笑的
不只我在人世深一腳淺一腳的氣餒……

二〇〇四

樹的去處

每棵樹，都有一個去處
高背椅是去處，寺廟的廊柱是去處
讓鐵輪壓在肩上的枕木是去處
讓筆尖在臉上刺字的白紙是去處

有時，人們還搭起戲臺來炫耀——
搭得再好的木台，也是樹切切割割的疼痛
木魚，已含著樹木難以瞑目的餘音
古琴奏出的《平沙落雁》，
已含著斧子難以入眠的不安

人們新婚時摟著樹的白骨
我們的一切幸福都是這樣開始——
我們已忘掉樹死去的情意。那一聲不吭的死
已變成我們生活中的各種排場！

二〇〇九

離鄉

青石小鎮，養育詩人
窗門一扇扇朝南
庭院落滿槐花
亮堂的井臺提水正忙

清風陣陣，吹動木門
妹妹沉靜著長大成人
想想來年的大水
氾濫使她忽然豐盈、悒鬱

一生中的大好時光
眷戀著河水，擣衣噔噔
小巷的日子一如故舊
小孩淘氣，大人吞聲

那一天，無比古拙
風水使菜餚色味俱備
妹妹手把家鴿，一副懷舊心腸
使詩人留下最後一瞥

一九九〇

齊雲山的早晨

炊煙描出不安的忙碌，山谷中
樹根割疼了道路
當我在村口用錢買下
養眼的石頭和腳註

我喜歡守望千年的一棵楓楊
欣賞挑夫的緊張，擊鼓老人的一言不發
喜歡霧用遲疑打開早晨
寂靜裡暗藏一朵浪花

瀑布用飛落，重現皇姬的綾羅綢緞
她裸出冰冷的腳，養育露水和回憶
這是岩壁上被手指打動的一則唐人傳奇
這個早晨，山谷來風宜於清除懷疑

漫步走過，發覺樹葉開始在春天飄落
閉門思過，聽見河水已在窗外流落
這時樹叢中閃亮著安詳，和鳥的輕吟
令我驚異清代的七品縣令——

他用鼻煙敲打清冷的愛情
很輕的憐憫即刻混入山裡的風中……

一九九六

好蘇州

撒謊的人見多了，就去蘇州走走
進了寒山寺，見到人們都去抄襲善良
罪過的人，說著雙倍善良的話
禱告給臉種上一兩株含羞草……

接受罪過在額頭滲出的汗粒吧
禱告使高人變矮，使富人變窮
一陣寺風吹來，是叫人握手言和的
想到我們的幸福，也許是運河的第五十個苦難……

無論罪惡怎樣飛揚，蘇州河是不會變的
不像人們會咆哮，會下崗
無論哪個清明節，它只是輕聲地啜泣
那一刻，遠近的城市，像停放著的一只只棺柩……

二〇〇六

夜聚寒山寺

——贈小海

我見了蘇州友人
就像萬里飄雲，突然停在寒山寺前
那是離開後還要回想的美景
讓每個友人，都變成第一個友人……

寒山寺——這名字裡含著顫慄
閃光的蒼涼也是語言無法勝任的
遙聽一聲鐘響，萬卷心事頓成灰燼
我們不一樣的人生，也會被一桌齋宴糾正……

在寒山寺，沒有人敢自比大樹
連孤獨也得到洗濯，只有微風在寺裡收集著叮嚀
連綿的空寂，正為我的來世騰著空位——
哦，眼前的黑暗已勝過心中的銀白……

二〇〇六

神祕

整個夜晚，我在徘徊
窗外的月光叫人充滿期待
那些失去的，已在心裡變得更富饒
夜裡許多陰影，比一頭大象還重——
我只有用謙虛才對得起它們！

我心裡的黃州，並不在別處
黃州就在南京，它們都是無辜的
難免有一些街樹、河灣不一樣
但得到的孤獨能有什麼不同——
活到四十，再不孤獨就是可恥的

再沒有了陌生的城市、陌生的人性
往事已變成黑暗裡的一顆鑽石

但我期待，還有什麼不是一覽無餘的
就像今晚的月光，准許夜雲故意遮住北斗的翅膀……
二〇〇六

空

路是靜的，人也靜著
當山嶺卸下落日
連星星也在感恩，成為一顆顆
與我相望無語的心

我停在這裡，並不孤獨
煩惱早已被星光預見
一生也將被草木證實
我走不出的，不是哪個朝代
是月的白髮慈悲

當我在草地上睡著
連佛陀也要誇我緘默
像鍾山一樣的守口如瓶
心中已空無一人……

二〇〇四

山寺

人還經歷著那麼多的恨
連一座山寺也無能為力
風啊，還想把投入池底的硬幣用力掀去
用力掀去我心上的浮塵

一動不動的菩薩，他不挽留秋色
也不挽留忿懣，他廣袤的心境
是我一輩子也走不完的
為誰所理解的暮色降臨
裡面藏著一分幣的自在

一天逝去，人的智慧
仍沒有顯露，我嘗試過無數次
暮色已是漸漸失明的擔猶

遙望天際，晚霞的美已無法描繪
猶如我臉上通紅的羞愧……

二〇〇四

告訴世界，悲哀也可以身輕如燕

——《悲哀》

悲哀

悲哀就像月光
照耀著崗亭，也照耀著胸無城府的人
照耀著新婚的紅綢，也照耀著一詠三歎的戲子
告訴世界，悲哀也可以身輕如燕

一個人認出悲哀，需要許多年
當你打完幸福的電話，要看見悲哀落了一地
當你回歸故里，要看見一地枯葉才是思念
見著海浪，要看見它正懷著悲哀的身孕

或來聽一折昆曲吧，悲哀會在舞臺和你之間往返
一不小心，老生會踩傷你的神氣
他只會用一座廢棄的桃園，來答覆你——
什麼是悲哀？悲哀在哪裡？

二〇〇九

夜讀有感

鳥聲裡有芳香，書關起門來讀有芳香
我讀《迷樓》，得到滿身涼爽
深夜和星星對看，它的沉著我不敢怠慢
它的銀色眼珠子，總是閃著懸念……

深夜的都市，變得像親人
連恨，也不便摸黑做一做
我這麼多年的夜讀，彷彿只是為了得到寬恕——
活著要輕於鴻毛，
哪怕獻給天空的炊煙也要遮一遮星光

夜讀就像趕路，要趕在太陽露臉之前
更多的體驗喜歡黑夜。我端坐床頭
知道真理有時多麼弱小，它時常搬出人的身體
只留一個無所事事的山河，讓我惆悵……

老歌

我再次懷念那首老歌
再次聽到，還是心兒狂跳
就那麼聽到掌燈時分
聽到人兒恍惚，才更靠近過去……

讓別人的心裡都擠滿黎明吧
我願意是老歌裡那個孤獨的人
看嘩嘩的長風抱著十里長堤
看月光用它的銀針，為我縫補那件舊衣……

我認出老歌裡有我，已沒有她
認出那些真心始於一次探望
如今，當我熬得頭髮花白，輸得兩袖清風
還是那首老歌在等我
為我的餘生再次撐腰……

二〇〇九

人是什麼？

人是什麼？也許露珠還在搖晃、猶豫
鴿子還想與噴泉商量
而風，它讓人閉上眼睛
不看眼前的花枝，只聽遠處鳥兒的咳嗽

人是什麼？那麼多的牛在耕地上勞作
大地露出病象，人卻在一條大街上玩得更歡
白晝已穿上白孝服，等著大地來一聲咳嗽
俯下身來的山嵐，是群山呵出的一股憐憫

人是什麼？雖然下雨了，河卻無助的黑暗
也有不合群的人來到城邊，只想置身事外
這個陰雲下的失敗者，就像一段廢棄的明城牆
它停在戶外，只能吸進那個季節的更多涼氣

二〇〇七

十月

十月的大街上，露珠綴成清晨
我在日子之間奔波，已經染上梧桐的秋色

曾陷入夏夜的憂患，這時睡去，比母愛還美好
我目不斜視，但依然是一個過客

浪花在秋天已經停止踩腳
它還在水下暗中給我信心

山崖邊的散步，已無需風來提醒危險
十月，燒紙錢的人更少，冬天已成了芳鄰

遠方，在寂然無聲中做好了準備
而我沒把十月消化，已伸手去扶瑟縮發抖的冬日

二〇〇四

十一月

如果鳥聲寥落，如果陰雨灑下
如果茫然繼續像風，從枯葉上嘩嘩飛過
如果翅膀不再對天空著了迷……

十一月了，我不能再說萬物是親戚
也許十一月的使命，比陽春三月還多
十一月的水波，擠得像群山
連日出日落，也不只為了像我這樣的好觀眾

大雪總有一天要飄來，飄得大家心平氣靜
一些臘梅，仍將用全部的越軌愛上冬天
那時，落葉就像我們的歡樂，已經開始腐爛……

但願在十一月，我的心情還能變出花樣
走進鬧市或坐在山邊，心裡還能鬧出亂子

就算夜空的星星格外稀少，
也不要把十一月當成路過！

二〇〇六

美感

我真想為這座城建一座寓所
再建一座寓所，直到這樣的寓所
把醜陋的房子通通擠走
被視線抬得高高的，應該是低矮的院子
幾棵桃樹適合為落伍的軀體輕聲祝福！

那些漂亮的長凳，它們操著舊朝的語言
對廳堂生活早已厭倦了，願意頭頂著樹
讓門牙感到院落中的冷風
幾個晚上，我都可以一動不動
看著星辰、明月，就是看著詩歌出生

遠處有姑娘走動，在悔恨，收穫著秋天的寒意
冬天在更遠處隱隱地磨牙

我翻看著書本中的四季，一絲衝動在喉底回旋：
「來吧冬天，我要用鞋把屬於你的白雪通通踩髒！」
二〇〇三

老人

我喜歡在人群中移動，就像航船
並不害怕令人絕望的浩瀚
彷彿人群是浪，閃著光，可以信賴
僅僅走一走是不夠的，還要找到讚美的理由——

我看到許多人的晚年是健康的
玫瑰雖然舊了，但無須改變
伴侶的埋怨已經無聲，交談像一生的愧疚
說出口需要渾身的戰慄……

有時，我的心裡也會閃現出老年斑
老人就像鄰居門上堅持的那把舊鎖
我像風，不進屋，只留在門前
門外的姹紫嫣紅——我已經厭煩！
舊鎖的鏽跡斑斑——我已經習慣！

山間感懷

寒風裡，真想做那股煙柱
得到升騰，像煙穿過日子的蒼白
而虎視眈眈的暮色
它是那麼迅捷，我找尋著溝壑
是要把心中的垃圾統統倒掉？

日落時，最遠處已來到最近處
眼淚已填入愛的皺紋
更清潔的童年
像那棵岩上之樹，剛被人砍去
再往前，懸崖深極了……

走在山間，掂量像煙柱剛剛散去
舊事還停在某個峰顛
我越遮掩啊，越成為暮色中的廢墟——

記憶中，家鄉的歷年大水
已如同心中殘剩的信念

二〇〇四

大風

走在街上，你會看到成片的落花
它們好像男人眼中成群跳舞的中年婦女

一瞬間，風就改變了季節
花們等著照最後一次鏡子

再沒有花蕾的發育，可以引誘你的想像了
街上什麼都在跌落啊，體面地跌落！

你發現太陽老了，癱坐在西邊那把椅子上
你的生活被風掀開了小小的衣角

整個下午狂暴的大風，讓你享受到命運谷底的愛
大風對花兒、枝葉、大樹、甚至漁民執行了死刑

它把你留在街上奔走，僅僅幻想著死
僅僅學它不禮貌的風流樣兒

這條又破又舊的大街，快要裝不下你的感慨了
曾經火似的玫瑰，現在血一樣在地上掙扎
像要把誰奮力地送出黑暗……

二〇〇三

城市之歌

熟悉的服飾，熟悉的車流
熟悉的街巷中的落日
熟悉的街頭的鬥毆，只一瞬
我就厭惡了眼前的一切

是一場剛結束的陣雨，打開了清新
是魯莽闖入的壞消息，在阻止中年的鈣流失
是的，生活不能只用新的街道來驗收——
仰望高樓，我驚恐於什麼都以祖國的名義……

我們的城市無邊廣大，但有什麼值得我們去熱愛？
活下去，成了唯一的江山
平庸，成了我們周身的血
我們的口號綽綽有餘，我們的親人寥寥無幾

二〇〇九

製花工

人人都把妙齡
比作春天
那為妙齡動心的人啊
在低語
在擺弄一枝塑料花
就像他要為身邊
小姐的氣息
找一個難忘的比喻
他凝神屏息
等著塑料花也飄出香氣
等著打擊溫柔得像花蜜
等著花的季節像孩子
順從地蹲在他的腳下
他等得連自己都忘了
等著生活的心病

嚓一聲剪斷塑料花
與春天的那點聯繫

二〇〇一

詩人

一生的某時，他會回到唐代
也許唐代的牡丹花還沒有盛開
只有酒在領著他穿過孤單。有時
他也把自己交給南宋，為已經入棺的北宋守靈

每個王朝只要開始，其實已經結束——
都把剛卸下了的包袱，又重新背上
都借助日出，完成了日落……
無權不靈的祖國啊，痛是你體內必須的鹽份嗎？

有時，他又是倒楣的李煜
他的愛情比常人更勝一籌，正是哀傷使他永遠活著
後來，他就是我們，誰知道我們有沒有白寫？
——我們腦滿肥腸，卻想得到神光的照耀……

二〇〇九

一生的某時，他會回到唐代
也許唐代的牡丹花還沒有盛開
只有酒在領著他穿過孤單。

——〈詩人〉

反常的氣候

我見過在洪水中漂來蕩去的傢俱
見過屍體——也用逃命的速度順流向東
如果無聊，我也想一想，洪水一生要趕多少路？
活著的眾生，到底算不算對山河的讚美？

置身於勞作，彷彿才能看清祖國
看清千山萬水早已累了，
它們啞了多年的嗓子開始怒吼

我們能有多少與山河對峙的智慧？
我們的福分，快要被小聰明耗盡了……

冬天下梅雨，下得讓人害怕
就算冬天變春天，我也不敢祝福了

喧響的心思像雨水，在黑枝上一閃一閃
就算暮色掩蓋著大地，
我也不敢享受一排梧桐的寂靜了

二〇〇六

冬雨

冰冷的雨天，雨也結結巴巴
也許大地，就是它回家的方向

就連滿地雜草，也值得它真誠獻身
當它落進冬夜，黑暗已變得有深有淺

僅僅瞭解雨的下落，是不夠的
要像街上的天橋，身子睡著，雙腳卻在雨水裡醒著

雨像萬家燈火，懂得停頓比飛洩還要止渴
它一停，我就走神……

去年那麼澎湃的雨水，今年已一去不返？
長日終將盡，今夜的雨水只剩我一個新歡？

二〇〇六

神仙

神仙也會四肢乏力，也會在乎手氣
會像奶奶所說，某天要行行大運

在流逝的歲月裡，奶奶已經沒有了仇人
她愛著仇人，已經毫不費勁

現在，風一大，我又想起奶奶的神仙
它們是否吃了，是否又要行善

奶奶總說自己是神仙，「神仙沒有仇人」
「神仙的恨，輕起來就像灰塵」

今夜，我鴉雀無聲，想在心裡安頓這些神仙
看影子在窗簾上晃動，如讀一本經書

黑夜一言不發，其實更燦爛——
窒息的是人，浩淼的就是神仙

二〇〇六

七一年某一天的黃州小學

那一天革命之花突然來到
稚嫩的雙手開始在稿紙上摸索
良田、祠堂和祖輩的階級

那被財富震撼的一天
被仇恨折磨的一天
被孤獨隔離的一天
屬於剛被三月槐花打濕舌尖的少年

一條看不見的路線的折磨
人民不朽的甄別的折磨
含毒的花朵，他不置身其中
便要轉身迎接玉鐲打碎的一幕

錚亮的皮鞋踩上泥土
雪白的襯衣接受墨水

拳頭掄向祖輩的階級
這就像槍聲的判決不容偏心

一個孩子手指的顫抖
演完一個階級在墜落中的驚恐
這一天省下仁愛，鼓動暴力
選擇大刀的左邊或右邊

奶奶在沸騰的會場外面徘徊
端詳她的孫兒帶著一臉痛苦的表情
回到教益深重的人民中間

一九九六

爺爺與唐詩

閑下來，是上午十時
許多年以前的對話中
你把最冷的詩行留給自己
路經此地的詩人，等著他下次再來的哨聲吧

風起後，你豎起了耳朵
聆聽樓上的大好心情
該往血液裡添幾塊冰片呢
那時鄰居的窗框已經脫落
兩戶化干戈為玉帛

每天把臉端詳，甩向最痛恨的耳朵
每天喝茶，流失最黑暗的想法
燈盞下，只剩唐詩一冊
僅用一行，就使他甦醒，心花怒放

一生的驚蟄，垂手可得
垂手可得的還有
熱心的魚群和破網，驚弓之鳥的巧婦
迫使舌頭彎曲就範的涼茶

哨聲再起，離去的故人未再返回
而我可以透過牆壁看那一行唐詩了
在它美麗的寒意中，我一天天地長大……

一九九六

印象

那時，我驚訝
並張開嘴巴
油燈搖曳，身影
神祕、哀傷
一張粗木的桌子
乾淨、寬大
但放不下六歲的想法
一雙小手
放心不下皇姬的啜泣
眼皮倦乏，又見
宮廷的流血政變

爺爺忽然把話停下
吟唱宋代的詩篇
回憶帶來花色
代代相傳的願望

圍困著梅花
或皇帝的閒話

窗外的小鎮
寂靜、空懷
宋代的黃州
已被皇帝錯怪……

一九九六

十一歲之前

孩子，你這麼高，和沙塵一起飛跑
哈，昨天的名詞，今天的動詞

請允許孩子的石片飛得遠遠
彈跳水面，這又是一天

六歲初涉鬥爭的自由
發出一種紅色的聲音

八歲的孩子安於革命
了不起的舌尖，撥弄聖令

一九七三年的春天，他冒險幹什麼
打開手抄本，一身黑暗的熱汗

孩子，你這麼高，和紅牆一起登高
哈，最紅的領巾，最黑的風情
十歲的孩子，反覆掌握仇恨的力量
圍繞著，再不問裡面是什麼

一九八八

命運

雨都是輕醉於雲的
風習慣發出抱怨

和顏悅色的農人
他們都已提早衰老

當所有的河，把你的忙碌繞過
當所有的壓迫都像月光，要在夢裡擠出名堂

你無法再像一縷炊煙
輕易就對一所房子滿意

這麼多年，你還像一個錯別字
被別人的舌頭顛來倒去

二〇〇四

輯四
白日夢

筆

筆孤獨地飲下墨水，就是孤獨地飲下黑暗
就是在深淵裡紮花燈，在喧囂裡吐呢喃
沒有人確知，它有沒有白寫
被它徵用的白紙，總是有太多的空白
被它書寫的江山，總是有更多的遺憾

有時，它累了，試圖甩開責任的手
充當一只酒瓶，充當催命的棍子
充當攆走農民工的城市盛會……

只因不能寫的事太多
更多時候，它是連灰塵也敬重的沉默
是我屋裡最靜的一根時針，不知除了在心裡數數
還能如何打發自己的一生？

每天深夜，它和手的交談
就像窗外知了、青蛙的詠歎調，從不會輕易讓我入睡
二〇一一・十

每天深夜，它和手的交談
就像窗外知了、青蛙的詠歎調，
從不會輕易讓我入睡

——《筆》

卷四　凡人修身課
輯四　白日夢

高壓

我想像，自己就生活在海洋深處
無法像向日葵，每天向升起的太陽致敬
無論在水中種什麼，都不會有收穫
甚至不知，是哪些海水的白牙，在和我作對？

海中那突然的冷潮，想把我留在水的刑具裡
深海的漆黑，就像瓶中的墨水
從不鼓勵自己爬到紙上，去挑選真理

哪怕我再狂，像魟一樣成為水中的浮雲
海也是污染過的，到處隱忍著美麗的毒斑
哪怕我竭力搓洗，身上還是黏滿是非的寄生蟲

也許我只能像魚卵那樣，和上升的水泡一起高歌：
跟著海潮，我並沒有原地踏步！

二〇一一

心願

忘記自己是誰吧，在高高飛翔的小鳥下
在山色空濛的落日前
在梅花和酒壺的春雨中
在想成為蕨草、石頭、二月蘭的人群裡
我不是第一個，也不是最後一個……

坐在風景裡，便知道人生和一條土路多麼像
和紅馬鬃的晚霞多麼像
它們始終在為送行準備著心情
直到下午我才悟出，自己只需
一點風吹草動，幾聲鳥鳴……

我依舊愛的，是那小河，它淌著淚
是那山嶺，不像我們，總匆匆向前
是那月照，讓誰的臉上映見舊都的古人模樣

是一條行人疏朗的街道，
它不顧不利的朝向，從不回身
我是紅茶、庭院、鐘聲的，服服貼貼的情人
無需任何暗示，就海浪撲岸一般地，朝它們奔赴……

二〇〇五

白日夢

哪些東西是多餘的，你羅列過嗎？
有人會說疾病，但它是最不能缺的
有了它，痛苦就不會只向貧困遷徙
那麼錢呢？人人都期待有個金窯
對金窯的期待已經讓人看不清什麼
夜呢？沒有夜，人就會為視力過份得意
沒有黑暗其實就像沒有春天
看不見月色，如同感覺不到愛情的蒼白
白天的錯誤將到哪裡去排遣？
沒有人會相信死亡的妙用，不朽洩露了
人生的虛幻，信不信由你，死亡也是責任
它讓幸福的，罪惡的，苦難的
都收斂起陶醉的，得意的，抱怨的鋒芒
人類就不會缺少一首動人的輓歌

對了，還有美麗，沒有它
異性間的追逐就變得公平，把感情
滲入勞動，激昂的花朵也像汗水一樣平實
就這樣，讓晨曦也卸掉美麗的金光
沉默就變成誘人的教誨，這樣大家就知道
一直愚弄我們的到底是什麼？把勞動作為羅盤
然後向堅實的大地感激、致敬！

二〇〇三

白雪

秋風吹雁，落下的卻是白雪
應是雪松舉枝在等候
應是船桅似針，針針紮向江的黃胸脯……

一樹白雪，白得像警告
白得像是歷代的良心……
很久後，我才能為這種白說出一種宿命

當我掩埋了雪上的污垢，甚至不敢
去想不光彩的事，我的孤傲是人民不需要的
和雪一比，比後悔更虛弱……

那那

——給三歲的女兒

她睡著了，我卻無法想到更遠
這位調遣父母的大師
發怒時她的口氣是甜的
她安靜了，我心裡的虛弱才連成一片……

我常空腹聽她絮叨
甚至等她把我當垃圾扔掉
嚐一粒她施捨的軟糖
就像嚐到未來幸福的含量
有一天，她也會像我一樣
忙碌著閃亮的功名？

「爸爸」，她幾乎喊出了一種預感
我在建造的未來，像她想得那麼清白嗎？
她把積木壘得比想像的明天還要崇高

看她心滿意足，我心裡只剩下幻覺
只見撥雲見日的人生……

剛才我教育她，夜間不要大聲說話
她不明白一盞燈為什麼熄了又亮？
如果雨下一夜，為什麼木船遲遲不來？
幸虧我醒著，見到她的涎水幸福地流動……

二〇〇二

她不明白一盞燈為什麼熄了又亮？

如果雨下一夜，為什麼木船遲遲不來？

幸虧我醒著，見到她的涎水幸福地流動……

——《那那》

忙碌

忙碌，是為了要更快地度過餘生？
你把所有積蓄的慢都快要花光了

你剛寫下一個詞，就開始為它奔跑
剛說出一句外語，就為出國想入非非

忙到最後，連熟悉的字也不認識了
聽到詩歌，就說不行，因為它慢得
幾乎沒有體溫，慢得不受任何傷害

樹林永遠學不會忙碌
只有葉子裝裝風的忙碌樣兒
看到人群圍著它們轉，就頭暈

忙碌的時候，你的愛再也不會蠕動了
這算不算一種特別的安慰？

二〇〇四

快樂

有時，我盼著道德
道德就像月亮上的斑點，有些冷漠
就像風，只是急旋
我不是道德本身，但覺察到深淵已經這麼深！

某天深夜，我第十遍說著：「快樂！」
快樂給人的啟示，這麼單薄
這麼讓心動盪不安。一束花能讓人達到的
它還沒有達到……

無法擔當的空虛，像一根火柴
把我照亮。有一會，我檢閱著過去的所有快樂——
那是春風浩蕩的廢墟啊！而我的視線
竭力要掙脫迷迷瞪瞪的淚水，獨自奔上鍾山……

玫瑰

當你看到花店裡成束的玫瑰
它們還是玫瑰嗎？
它們像妓女，奉迎著所有人的雙手
如果說那代表幸福
幸福是否過於靈巧？
是的，幸福應有光澤
但不是臉上浮動的表情
而是一隻產卵海龜的孤寂和爬行
或一隻突然飛起的家禽
像被無形之手
握住的一枝空中玫瑰

二〇〇三

夜行記

蔥綠是誰脫在郊外的一堆戲服？
常年失蹤的戲子啊，圍著爐灶
圍著疲乏的父愛，圍著勞累得
連夢也不做的一天

他逛著街，連一個金錢的奴隸
也追不上，就知道如果弄錯方向
會更不舒服，站牌是他
對這座城市的最後一點信任

那被飛濺的唾沫注滿的心啊
此刻沒有耐心等到天明
他感到水泥路和他一樣受著折磨
茫然不知自己該在哪兒止步？

月芽像被白晝拋棄的一顆利齒
哽住了他的喉嚨。整個長夜
他將以什麼為榮？夜晚從來沒有
像今天這樣緊張，他盼著許多人
坐錯車，和他一樣難以抵達

不管路途有多近，他都看膩了
燈火、人群、慾望都是流動的
無法指靠它們來發誓，那麼繼續走？
生命還經得住幾次懺悔？

他抵達了一堵坍塌的城牆
當湖風搖動夜色，每個路過這裡的人
都有意外的醒悟，忘掉淹沒自己的恨吧
感激著不再發出聲響

就像一行好詩在繞過一行差詩
一個少年用珍藏的舊糖紙在換新糖紙！
每個今天都是過去的葬禮
明天的沉船，都在把揭祕的時刻一再推延

要是像黑夜一樣沒有眼睛
他的心該多麼容易圓滿
連杜鵑也懶得高飛了，幸福得
像一條纏住自己雙翅的鎖鏈！

二〇〇三

第一場冬雪

雪突然就下了——
好一場燦爛的剪綵！
這些白晝向黑夜伸出的千萬根玉指
在敲打脆得像玻璃的情感

我是今年最早走在雪中的人
身前身後除了命運，只剩下風了——
我承認再堅定的決心
也比不上此刻的離別

雪的膝蓋
已抵近每個人的嘴巴
看我們負心的口氣還能有多大？

雪像搖曳的白色火焰
要駕馭搖晃而來的冬天
看，這一把把小白扇兒究竟是為誰拋下？

看著漫天送給情感的白枕頭
從銀河落下的闊綽的白銀
我的心裡仍顫動著飛逝的秋日……

二〇〇二

春頌

春天來了，我心卻寧願向佛
不覺得臉面生輝，不覺得靈魂狂喜
一樹梅花，倒像來自千里之外的一場離別
那一直威脅我的成熟，已在梅花身上出土

梅花帶來的，是酒庇護的一雙醉眼？
清明燃燒的灰燼，已提早從它心裡開始？
如果讓祭奠的白布條，替它的主人重選來世
它會選擇一生的離別，或兩三白蝴蝶？

能告訴我，春天是更清潔的祖國嗎？
是否值得省下一天，到山上去找一找自己？
從遠古開始，祖國就居於這梅花、這山川、這宇宙
還有比宇宙更大的祖國嗎？

不要像古人那樣，說梅花堅持了什麼
噓，什麼也別說——
疲憊的腳步，有時只需要沉默
你看見了比冬天更深的傷口嗎？
我承認春天是美的，但只在梅花盛開的一瞬……

二〇〇九年

茫然

還在經歷，你已成了盲人
不知道該怎樣敘述，也看不清那個人是誰
只知道，還沒過去的荒涼可以暫時叫茫然
每一天，它都像空氣，托著快要掉下去的歎氣

某隻飛鳥，在某天也會茫然
茫然於某片樹林越來越小
茫然於某條公路越伸越長
多茫然啊，它看過的某片美景只剩下了追憶

茫然也是車轍要找的地方
茫然已還不回你原來的清白之身
看著櫻花慘白的臉兒，你會想它是否值得？
其實來不及想，你和它一樣，已在奔波中茫然……

二〇〇九

附錄　新詩五十條

我只寫下答案，而問題由你們尋找。

——題記

一、民主正成為新詩的一種形式，成為新詩之輕的一種標誌。
二、意義不是詩歌要達到的領地，只是加強感覺的一種方法。
三、無視佳作的存在，不過是在應和心中的無神論。
四、感覺就像觀念一樣不可信，我們常常面臨這樣的問題：觀念確實能改變感覺。
五、不要誇大新詩的抒情作用，自從我們失去美德，已更容易變得封建和傷感。
六、現代主義只有從思想降格為方法，新詩才會變得更加出色。
七、用一首詩維護一個意象，比用一首詩維護許多意象要好。
八、作品其實是集體的產物，正是詩歌的歷史，讓個人變成集體。
九、只有偉大的詩人才能駕馭俗氣，才敢從事研究民族生活的冒險。

十、詩歌的純粹，恰恰得益於不純粹。

十一、夢不是創造，只是一種現實，為了防止損害想像，詩人需要適度抑制它。

十二、不用擔心詩歌的死活，它的歷史從來是由暫時的遺忘寫就。

十三、不要相信比喻暗示的意義，而要相信比喻觸動的感覺。

十四、詩歌研究常迫使人們去注意意圖，但詩歌的立身之道不在理解，而在激發。

十五、新的方法產生新的詩歌；不過好詩與壞詩的比例，從古至今沒有改變。

十六、一個不體驗失敗的詩人，難以固守什麼精神。

十七、修辭和技巧，無法彌補一個詩人在道德上的缺陷。當然，要詮釋道德，必須既勇敢又智慧。

十八、我欣賞自我懷疑的詩人，他往往會高估自己的不足，這樣他會用一生尊重詩歌的自發性。

十九、越擔心作品沒有價值，越能豐富自己。

二十、一個詩人的無能為力，恰恰勢不可擋。

二十一、什麼是史詩？史詩作為一種境界，早已融入我們的生活。

二十二、敘事與抒情並非涇渭分明，事實上，它們是同一事物的兩面。

二十三、風格隸屬於主題，而不是相反。

二十四、二流詩人自鳴語言之美、意象之奇，一流詩人憂心語言不足、形象不準。

二十五、與朋友談論自己的詩作，是一種慷慨的義舉。

二十六、複雜的威脅在於消滅交流；簡單的危害在於毀滅探索。

二十七、年輕是新詩的一種病，一旦患過，就會終生免疫。

二十八、成功不是詩人的祖國，詩人只對失敗負有義務。

二十九、完美的詩歌具有適應性，能適應不同的時代。唯美的詩歌，只會找到欣賞它精湛的個別時代。

三　十、個人經驗並不隸屬個人，它既是共同經驗的個人解讀，也是往昔經驗的重新喚醒。

三十一、誤解傳統比模仿傳統要好，追求正確只會限制新詩。

三十二、詩意不來自世界，而來自詩人的注視。

三十三、永恆是詩歌造就的客觀事物，沒有詩歌，這些事物就不會出現。

三十四、好詩中的自由，要少於壞詩中的自由；好詩中的邏輯，要多於壞詩中的邏輯。

三十五、詩歌是不唱的歌曲，不是歌詞求助歌曲，是歌詞恢復歌曲。

三十六、語言也有屬於自己的雜念，稍不留神，語言也會對垃圾推波助瀾。

三十七、詞中有肉體，不一定有靈魂；有頭腦，不一定有情感；有形象，不一定有觸動。

三十八、詩歌的本質，就是文明的本質；在保有尊嚴的同時，使人對預言、可能不再大驚小怪。

三十九、我不信任晦澀的詩，但信任難懂的詩；不信任詩人神話，但信任詩歌神話。

四　十、偏見是一種意志。一種編造謊言的意志。

四十一、新詩與批評尚無法相互理解，而理解調動的常常是宣言。

四十二、新詩的歷史，就是企圖建立現代國家的精神掙扎史。白話小說尚無法真正領略其中的力道。

四十三、詩人不需要對觀點的忠誠，但需要對自己的忠誠；不過忠於自己，並非等於屈從自己的無知或缺陷。

四十四、道德不是體制的圍牆，相反，它為我們保存著解放的力量。

四十五、喚起讀者共鳴，不該令詩人感到羞愧，要感謝讀者重新陳述了詩歌。

四十六、糟糕的詩，問題不出在靈感，出在糟糕的判斷。

四十七、好的詩歌研究，是一種脫離法則、但令人臣服的謙遜。

四十八、今天，技巧已不再是對一個詩人真誠的考驗，技巧已可能擁有造假的激情。

四十九、寫詩的不一定與詩有關，不寫詩的不一定與詩無關。

五　十、我們對新詩依舊一無所知，已有的所謂認識，仍不過是說服他人的衝動或願望。

讀詩人39　PG0957

南京哀歌
——黃梵詩集

作　　者	黃　梵
責任編輯	黃姣潔
圖文排版	王思敏
插　　圖	羅拉拉
封面設計	陳佩蓉

出版策劃	釀出版
製作發行	秀威資訊科技股份有限公司 114 台北市內湖區瑞光路76巷65號1樓 電話：+886-2-2796-3638　傳真：+886-2-2796-1377 服務信箱：service@showwe.com.tw http://www.showwe.com.tw
郵政劃撥	19563868　戶名：秀威資訊科技股份有限公司
展售門市	國家書店【松江門市】 104 台北市中山區松江路209號1樓 電話：+886-2-2518-0207　傳真：+886-2-2518-0778
網路訂購	秀威網路書店：http://www.bodbooks.com.tw 國家網路書店：http://www.govbooks.com.tw
法律顧問	毛國樑　律師
總 經 銷	聯合發行股份有限公司 231新北市新店區寶橋路235巷6弄6號4F 電話：+886-2-2917-8022　傳真：+886-2-2915-6275

出版日期	2013年5月　BOD一版
定　　價	260元

Printed in Taiwan

國家圖書館出版品預行編目

南京哀歌：黃梵詩集 / 黃梵著. -- 一版. -- 臺北市：釀出版, 2013.05
面； 公分. --（讀詩人；PG0957）
BOD版
ISBN 978-986-5871-40-6（平裝）

851.486 102006186

讀者回函卡

感謝您購買本書，為提升服務品質，請填妥以下資料，將讀者回函卡直接寄回或傳真本公司，收到您的寶貴意見後，我們會收藏記錄及檢討，謝謝！
如您需要了解本公司最新出版書目、購書優惠或企劃活動，歡迎您上網查詢或下載相關資料：http:// www.showwe.com.tw

您購買的書名：________________________________

出生日期：________年________月________日

學歷：□高中（含）以下　□大專　□研究所（含）以上

職業：□製造業　□金融業　□資訊業　□軍警　□傳播業　□自由業
　　　□服務業　□公務員　□教職　□學生　□家管　□其它_____

購書地點：□網路書店　□實體書店　□書展　□郵購　□贈閱　□其他

您從何得知本書的消息？

□網路書店　□實體書店　□網路搜尋　□電子報　□書訊　□雜誌
□傳播媒體　□親友推薦　□網站推薦　□部落格　□其他__________

您對本書的評價：（請填代號　1.非常滿意　2.滿意　3.尚可　4.再改進）

封面設計____　版面編排____　內容____　文／譯筆____　價格____

讀完書後您覺得：

□很有收穫　□有收穫　□收穫不多　□沒收穫

對我們的建議：________________________________

____

____

____

請貼
郵票

11466
台北市內湖區瑞光路 76 巷 65 號 1 樓
秀威資訊科技股份有限公司 收
BOD 數位出版事業部

（請沿線對折寄回，謝謝！）

姓　　名：＿＿＿＿＿＿＿＿　年齡：＿＿＿＿　性別：□女　□男

郵遞區號：□□□□□

地　　址：＿＿＿＿＿＿＿＿＿＿＿＿＿＿＿＿＿＿＿＿

聯絡電話：(日)＿＿＿＿＿＿＿＿＿(夜)＿＿＿＿＿＿＿＿＿

E-mail：＿＿＿＿＿＿＿＿＿＿＿＿＿＿＿＿＿＿＿＿